昭和の老犬が教えてくれた人間の慎ましい普通の人生

かりさ 著

ワシは生まれてこの家のあるじである歳のいったパパさんとママさん、それに一人娘のミーちゃんが住むここにやって来た。あるじの知り合いの家で、その一ヵ月前に生まれたワシをこの家族が引き取って来てくれたようだ。

ワシはこの家に連れて来られて、名前が付いた。一人娘のミーちゃんの名前がミヤコなので、ミヤちゃんと名付けられた。まあ、雑種のワシに、人間の子どもに名前を付けるほどの時間はいるまい。名前でワシに何かを託すこともないからな。

この家の隣には小さな工場がある。自動車の修理工場だ。
あるじのパパさんとママさん、それにパパさんと同じ年代の
おじさん2人が働いている。

こうして、ワシの鎖でつながれた人生はこの家ではじまった。

最初は玄関近くの庭の軒下が住処だったが、工場で働くおじさん2人が昼休みを使って、ワシの家を二日でこさえてくれた。工場と家に挟まれた庭へすぐに引っ越した。

ワシの日課はあるじのパパさんと朝の散歩。散歩から帰って水を飲み、そして昼寝。それから夕方まで人を見かければ吠えること。夕方になると銀の皿に乗った味噌汁がかかったドッグフードをむさぼる。家族の夕ご飯後はママさんと夕方の散歩だ。

誰かに撫でられれば尻尾を振り、いやな奴には吠える。まあ、およそ人間の役には立たない番犬だ。

同じ境遇の犬とは、散歩のたびにじゃれ合ったり、吠え合ったり、組み合ったりもしたな。メス犬と散歩ですれ違うことが少なかったから、いつもこんなことを繰り返していた。若かったころはね。

人間の人生とは違い、大きな悩みごとなんてない。犬だからな。でも人間の感情や調子の良し悪しは人間以上にわかる。「怒ってるな」「何か辛いことがあったな」「悲しいんだな」「人間どうしの揉めごとがあったな」「機嫌がよくないな」……これはワシだけの特殊技能だとずっと思っていた。

人間なんて、いいことばかりが続く生き物じゃない。むしろ人間の人生は気分が悪いことの方が多いようだ。

ただ、いいことがあると悪いことを忘れられるだけに過ぎない。それをこの家でいやと言うほど見てきた。

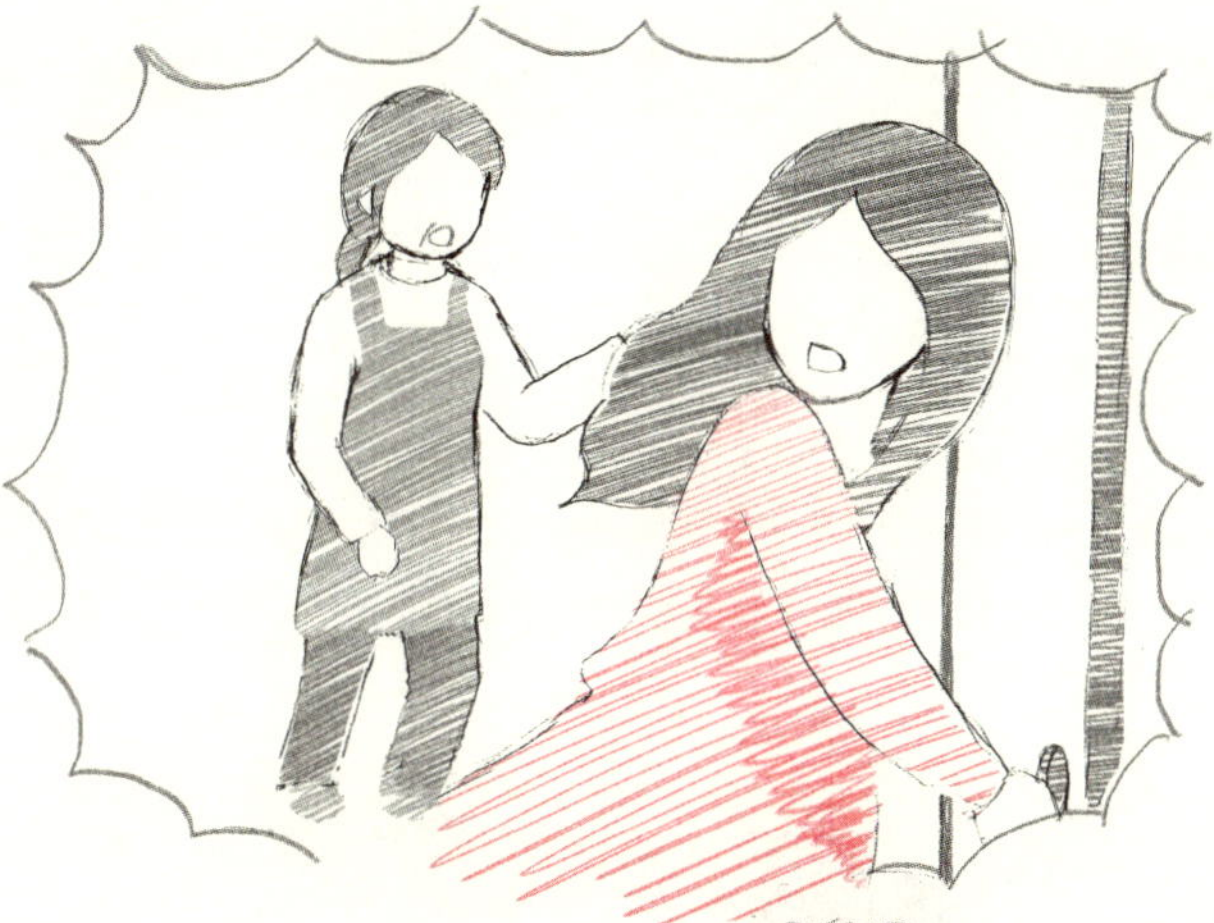

犬は気楽だ。犬には経済観念がないからな。それに友達もいない。

気楽な生き方に人間が勝手に感情を抱いてくれる。

人間にとって犬の存在だけが必要なのだ。

あるじのパパさんは、陽が昇るとワシを散歩に連れ出す。帽子を被り、ジャージにジャンパー、運動靴姿で。暑い日も寒い日も、いつも恰好は同じだ。

ワシは帽子を被ったパパさんが玄関から出て来ると、散歩だとわかるから、尻尾を振りながらくるくると走り回る。

そりゃ、嬉しいからな。

ここのうちのパパさんとママさんは働き者だ。隣にある自動車工場は朝早くから始業のベルが鳴り響く。その音でパパさんとおじさん2人が朝の体操をはじめるんだ。体操が終わると、工場の奥にしまってあった自動車が、次々と前に出て来る。鎖で繋がれたワシには、この光景が恐怖だった。大きな自動車がどんどん動くからな。

そのたびに踏みつぶされるんじゃないかと、座りながら身構えていたよ。

時折金属音が響く工場。自動車を整備する工具がコンクリートに転がる音。乾いた冷たい音だった。エンジンを何度も吹かす音。クラクションの音。そしてスピーカーから流れるラジオのおしゃべり。

雑音が絶えない中で、ゆっくりと昼寝をすることに慣れるのには、そんなに時間はかからなかった。

お昼休みには、ママさんが家で作ったお昼ご飯が工場へ運ばれる。いつもいい匂いするので、ワシは飛びかかるようにしながら尻尾を振った。小魚を二本ばかりお裾分けしてくれる。ワシはこの時間にママさんが家から出て来るのを待つのが楽しみだった。

工場のおじさんとパパさん、ママさん4人で、工場にある食堂でお昼をとる。TVを観ながら、おじさんが時々笑う。おじさん2人はいつも、お昼の残りものをワシのところへ持って来てくれる。ワシはおじさんたちに飛びかかるように尻尾を振る。ワシは昼間っから呑気な幸せ者だった。

午後の就業のベルが鳴ると、再び乾いた冷たい金属音とエンジン音が鳴り響く。ママさんは電話に、お客さんに、事務にと忙しい。パパさんも自動車の下にもぐったり、自動車を洗ったりと忙しい。そして夕方の終業のベルで乾いた金属音やエンジンの音がピタッと鳴り止む。

人間の一日の仕事が終わるのだ。

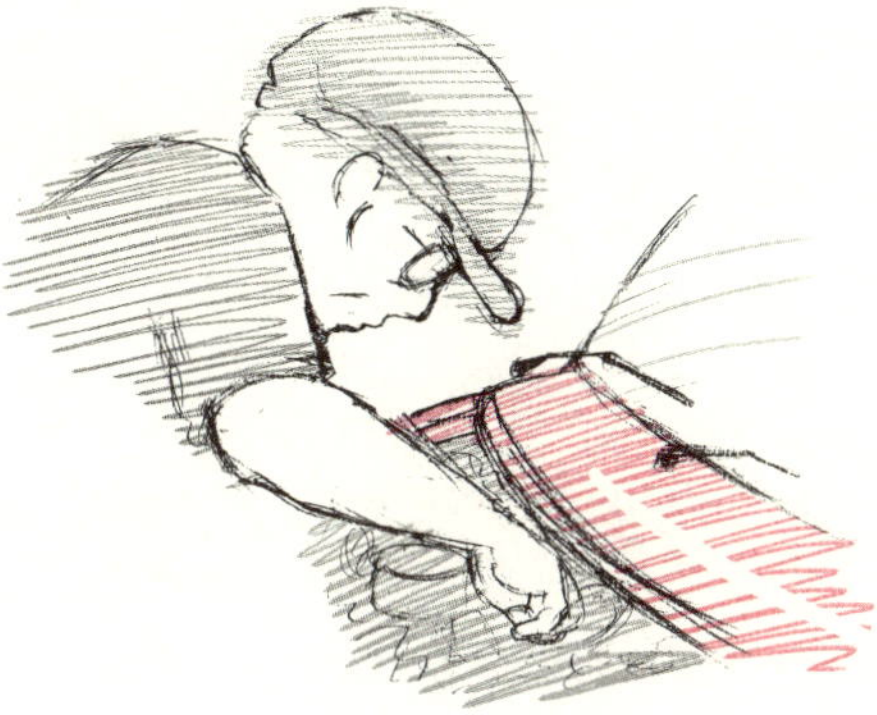

家族の夕ご飯の前に、一人娘のミーちゃんが勤め先から帰って来る。ミーちゃんはワシを見つけると、「ミヤちゃん」と声をかけてくれる。ワシは尻尾を振りながらミーちゃんを迎える。ワシの身体と頭を撫でながら、今日の出来事を話しかけて来るのだ。

「今日はね、役場の上司と言い合いになっちゃったんだ。でも帰り道に『私も悪かったなあ』と思っちゃってね。明日謝ってみようと思うの」

ミーちゃんはワシの身体をさすりながらそう話すと、起き上がって家に入った。何があったのかはわからない。

でもな、それで一日が終われるなら、明日が楽しみなはずだ。

それでいい。

ワシの夕ご飯後はママさんとの散歩。ママさんはパパさんよりはしゃべるけど、それでもおとなしいママさんだ。それは散歩のたびにすれ違う他のママさんと比べれば、よくわかる。

ワシは寡黙なパパさんが油まみれになっていつも働いている
姿に、何かを期待していたんだろうか？

隣にある工場で事件が起きた。修理のために持ち上げられていた自動車が突然、「ドーン」という音とともに、地面に落ちたのだ。その自動車の下にいたのは働いているおじさんのうちのひとり。とっさに逃げたのだが、右手を自動車と地面の間に挟んでしまった。

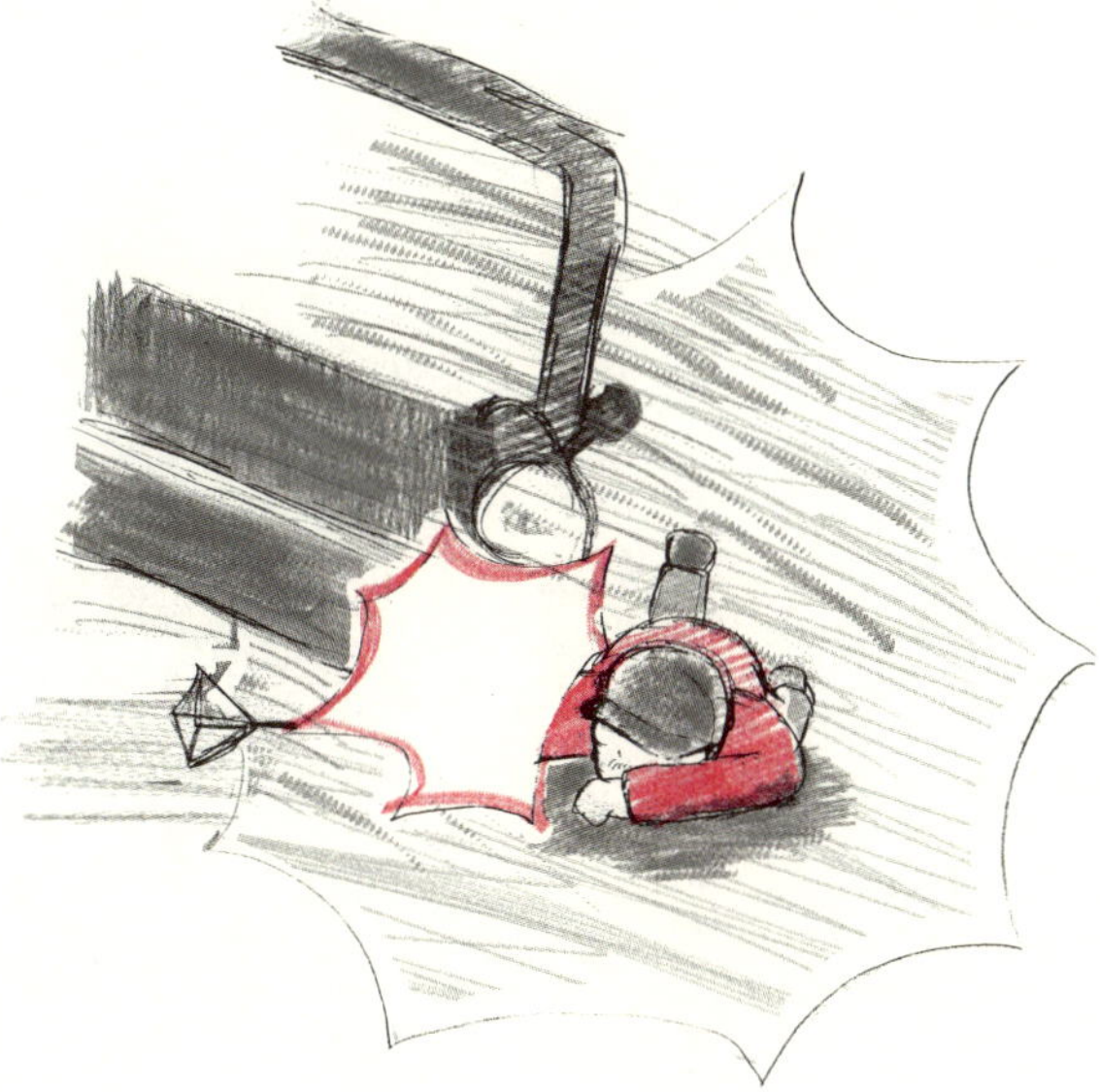

ワシは思いっきり、「ウォーン！」と吠えたな。その大きな音を聞いたパパさんが慌てて近寄り、大きな自動車を浮かすように手で持ち上げた。

パパさんは大急ぎで工場にある別の自動車にそのおじさんを乗せて、走って行った。

しばらく漂った凍りつくような雰囲気。ワシはおじさんが怪我をしたことはわかったが、ワシがしてあげられることは何ひとつない。

もうひとりのおじさんが地面に落ちた自動車を再び持ち上げ、慌ててその自動車にタイヤを付けていた。

夜遅くにパパさんが戻って来た。怪我をしたおじさんはいなかった。今日は散歩どころじゃない。ワシはパパさんより先にママさんから夕ご飯をもらっていた。

パパさん、さぞかしお腹を空かせているだろう。

翌日も、そのまた翌日も怪我をしたおじさんは工場に来なかった。

その日のパパさんは不安そうな表情だった。時折震えているのがワシにはわかった。ママさんも今日はパパさんと一緒に朝から工場にいる。

しばらくすると、お客さんが来た。地面に落ちた自動車の持ち主だった。

パパさんは深々と頭を下げ、その持ち主に謝っていた。続くようにママさんも深々と頭を下げていた。

その自動車の持ち主は穏やかだった。

「起きてしまったことはしょうがない。ちゃんと走るようにしてくれれば、かまいませんよ。私の愛車をどうかよろしくお願いします」

その言葉を聞いたパパさんの目はうるみ、手は震えていた。

「一生懸命直します。しっかり直します」

パパさんの声はうわずっていた。

ワシは犬という動物。
だが、モノではない。
自分のモノを壊されても許し、お願いしますと穏やかに言って帰る。
人間とはすごい動物だ。

怪我をしたおじさんが包帯をして会社に出て来た。もうひとりのおじさんとパパさんは地面に落ちて壊れてしまった自動車を一心不乱に直している。怪我をしたおじさんも、片手でお手伝いする。

ワシもパパさんの会社も平常通りに戻っていた。

いつもと変わらないパパさんとの朝の散歩、そして昼寝。お昼ご飯のお裾分け、ミーちゃんの帰宅。

夕ご飯に夜の散歩……

安心する一日が戻った。

人間の日常生活がだんだんとわかって来た。
そして人間は不安になることをもっとも恐れていることも。

ワシも変わらない毎日が続くことを望んでいた。けれど、人間と暮らす、人間に面倒を見てもらうということは、もっとも恐れていることを避けては通れない。

人間にはワシら以上に喜怒哀楽があること、その日の気分や体調の良し悪しが人間そのものを左右してしまうものなのだ。

ミーちゃんの髪型や化粧が変わっていったころがあってな。仕事から帰ると、家に入る前に必ずワシのところへ来るミーちゃんの匂いが変わっていた。優しいミーちゃんのワシに対する接し方は変わらないが、匂いは大人びていた。パパさんやママさんから見ればミーちゃんは娘なのだが、ワシにはもう違う人のように感じていた。

夕ご飯でママさんとミーちゃんが言い争っていた。怒られていたミーちゃんは「もうご飯はいらない！おかあさんは何にもわかってない！」と自分の部屋の扉を「ビシッ」と大きな音をたてて閉めた。

ワシはその音にビックリした。

それからどれくらいの毎日が過ぎて行っただろうか。大人びた匂いのミーちゃんが、悲しそうな顔をして仕事から帰って来た。いつも来るワシのところへは来ないで、家へ入ってしまった。夕食でまたママさんと言い争っている。ワシの耳がピクリと動いた。

「そんなにその男の人が気になるのなら、その人のところへ行けばいいじゃないの?」

「でも、もう終わっちゃったんだから…」

ミーちゃんの怒りながらも悲しそうな言葉が聞こえる。パパさんの話す声は相変わらず聞こえない。

しばらくして、ミーちゃんが家から出て来て、ワシのところに来た。大人びた匂いの中に、パパさんと違う男の匂いを感じたワシは、思わずミーちゃん向かって「ワン！」と吠えたのだ。

ミーちゃんはワシを睨みながら、「うるさい！」とワシの頭を大きく叩いた。

痛い！

「ギャィーン」と鳴いてしまったワシの声を聞いたママさんが玄関から飛び出して来た。ママさんが
「何で叩くんだよ、かわいそうに」

「他に当たり散らすんじゃないよ」

とミーちゃんを怒る。

いいんだよママさん、これでミーちゃんの気が済めば……

それがワシの役目だし。何もしないで、毎日を生きられるようにしてくれているからな。これくらいの犠牲はワシが払うものだ。

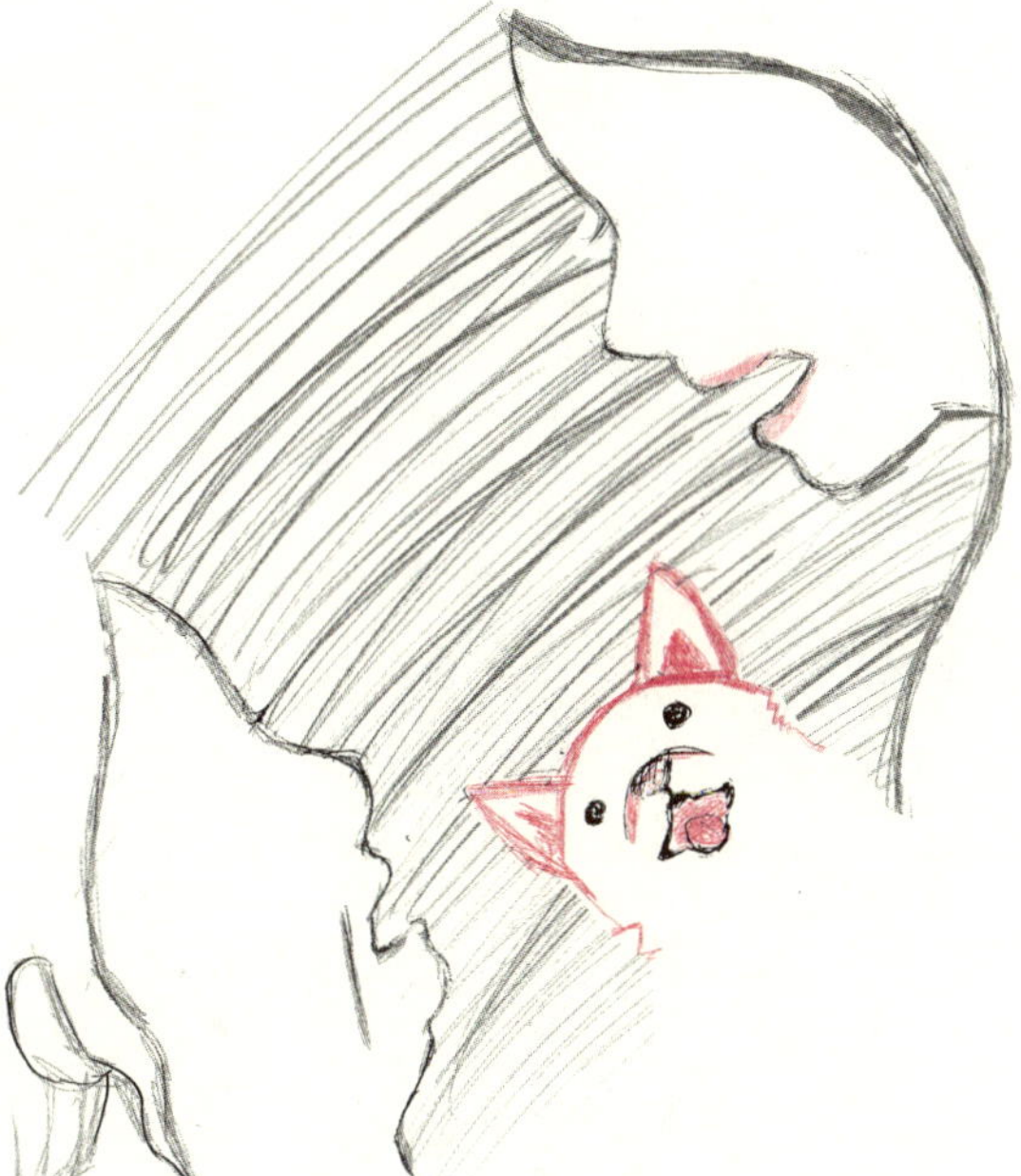

あるじのパパさんとワシが歩くいつもの散歩コースの途中に大きな銭湯があってな。そこはもう長い間、工事をしている。散歩の道すがらにすれ違う顔見知りのおじさんとパパさんはいつもその工事中の銭湯の前であいさつを交わす。そして決まって、その銭湯の話をするんだ。どうやら、そこは温泉を掘っているらしく、それを2人は楽しみにしているようだ。寡黙なパパさんだが、そのおじさんとこの銭湯に温泉ができる話をしているときのパパさんの目は、少年のように感じることがあった。

ゆ

ワシは、ここがどこで、どんなところかなんてことは、どうでもいい。けど、物騒なところではないことはわかる。そんな地域でも、盗っ人がいるんだと知ったときがある。夜遅く、工場に盗っ人が入った。それにワシは気が付いた。ワシは思いっきり「ワォン、ウォン」と吠えてやった。すると人間2人が慌てるように壁を乗り越え工場から出て行った。

次の日の朝、工場で働くおじさんが出勤してくると、あるじのパパさんに、付けてあったホイールのナットが取れていることを慌てて報告していた。ワシは夜中に来ていた盗っ人が外したんだとわかったが、それはワシからは伝えられない。パパさんも盗っ人が入ったことに気が付かない。盗まれたものがないからな。

結果が無事なら、誰の手柄かなんてどうでもいい。

ママさんとミーちゃんはあれ以来、楽しそうな会話をしていない。あれからミーちゃんは夕ご飯までに帰って来ない日が多い。仕事がお休みの日も、お天道様が昇りかけたあたりから、出かけて行く。夜もパパさんとママさんの夕ご飯が終わり、ワシとママさんが散歩から帰ってしばらくしてから帰ってくる。ミーちゃんがいない間、パパさんやママさんがミーちゃんのことを家の中で話しているのかワシにはわからない。

でもパパさんの気持ちはわかる。ママさんとの夜の散歩より、パパさんとの朝の散歩のほうが、散歩がしにくい。綱を引く手の力に柔らかさを感じない。パパさん、不安なんだな。

驚いた。人間の言葉や感情がわかるのは、ワシだけじゃなかった。つながれた犬はみんなわかることを知ったのは、散歩ですれ違った犬のしぐさからワシは確信した。

犬どうしは会話なんてできない。意思の疎通とはほど遠い、匂いと本能だけでしか対峙できない。群れの生活をしていないからな。けれど、人間の言葉を理解できる犬はたくさんいたんだ。

ただ、人間の言葉や感情がわかることを誰にも伝えられない。世の中にまったく役に立たない記憶媒体だということだ。

この家のあるじであるパパさんママさんは優しい人だ。ワシの世話を毎日欠かさずしてくれるからな。ご飯に散歩、排せつ物の片づけ、水の用意も。それだけで幸せなことだ。それ以上のことは求められるはずもない。犬だからな。

そう、ワシにとって幸せで平和な時間がどれだけ続くだろうか。

ただ、ワシらが人間と暮らすということは、一緒に暮らす人間たちの平和で幸せな生活が続くことがなくてはならない。人間の言葉がわかる以上、感情がわかる以上、そこにも行き着くものだ。

人間にとって、働くこと、お金を稼ぐことことは、どうしてもうまくいかないことのほうが多い気がする。あんなに優しいパパさんやママさんも、テキパキと働いているように見えるけど、それが簡単であったり、スムーズだったりしているようではなさそうだ。

自動車の調子がおかしいと持ち込まれたお客さんの自動車が、何が故障の原因なのかわからず、あちこちを見回しながら悩んでいるパパさんが「う〜ん」と唸っている。ママさんはお客さんから、この間修理で預けた自動車がまだ調子が悪いとの電話に対応している。

仕事をするとは、相手の感情ひとつで左右されてしまうもののようだ。

結局、パパさんと工場で働くおじさんが、お客さんの頼まれごとのすべてを処理している。パパさんやママさんの人柄なのか、ここには変なお客さんがいるようには見えないけど、見ていて無駄が多い。それはパパさんの腕があまりよくないからなのか、パパさんの段取りが悪いからなのか、パパさんが変わることのない自分時間を確保したいからなのか。

それともここのお客さんはみんな自分のことしか考えていないからなのか。

人間模様は複雑だ。

あるじのパパさんとの朝の散歩で、たまに会うおじさんがいる。そのおじさんは会うと必ずワシの頭を撫でてくれる。それは嬉しいのだが、ワシは早く歩きたいのだ。次の電柱へ行って早くマーキングをしたいのだけれど、そのおじさんとの立ち話は長い。なぜならいつも景気の良し悪しの話をするからだ。

そのおじさんは会うたびに「景気はどう？」とパパさんに聞く。パパさんはそのたびに「いや～厳しいですね」と答える。それはあいさつ代わりなのか、本音なのか、パパさんの心の中はわからない。

でも、「うちは娘一人なので、私の代で終わりですから」「一向に良くなる気配はないですね」とか、大人しいパパさんがその都度ぼそぼそと話をしているところを見ていると、細々とやっているんだなと感じる。

裕福でもない家で2食昼寝に散歩付きで暮らすワシは、迷惑な厄介者になりつつあるのかもしれない。

そんな寡黙なパパさんに、ワシは一度だけ怒られたことがある。ワシも定かではないが、ドロボーも入っていないのに、パパさんが乗っていた自転車がなくなってしまった。パパさんは盗まれたと思い、ワシは「この役立たず」とののしられた。

ところがしばらくして、パパさんとワシの散歩コースにあるできたての温泉銭湯の駐輪場から、パパさんの自転車は出て来たようだ。その日、ワシが小屋にいると、パパさんは銭湯からタイヤの空気が抜けた自転車を押して帰ってきた。そして人間の家族ではなく、真っ先にワシの小屋にやって来て、こう言った。

「ミヤちゃんごめんな、自転車あったわ。自転車で銭湯へ行ったのを忘れて、歩いて帰って来ただけやった。スマン」と。

ワシは寝たふりしながら、感心のないふりをした。人間の言葉がわかったら、人間は困るからな。

だが、ワシは複雑な気持ちだった。

経験したことを取り消すのは難しい。

怒られた記憶とはそういうものだ。

パパさんがワシの家族なら、ワシの役割とは何だ。

厄介者ならば、ワシの役割は何だ。

それがわからず生きるのは、犬であっても厳しい。

ワシには忘れる機能がないのだから

季節や気候が変わることをワシが理解できたのは、ここにご厄介になってからしばらくしてのことだ。夏は暑く冬は寒い。春と秋は気持ちがいい。これが順番に巡って来ることを、人間は楽しんでいるし、期待している。

これはワシにとっても生きる悦びとなっていた。

ワシにとって一番きついのは夏の暑い日だった。お天道様があるうちは、小屋の日陰になるところでずっと寝ていたものだ。夕方の散歩はまだ歩く道が熱くて、飛び跳ねるように走った。そうすると、ますます暑い。犬の寿命が縮まるのはきっとここの時期に違いない。

もっとも冬の散歩も嬉しくはない。ヒヤッとする地面に足がしびれる。走れば気持ちも身体も暖かくなるが、小屋へ戻れば、凍えるような寒さの連続だ。ただ、雪はなぜか暖かい。雪の上を散歩しても、足は冷たくならないんだ。不思議だった。

いずれにしても、毎日を生きるということが、ワシにとっては不思議だった。

人間よりたいしてやることがないからなのか。
犬が丈夫だからなのか。
それはわからない。
でも毎日生きている。
腹も空くし、散歩にも行きたい。

そんなワシでも、具合が悪くなったことがあった。突然、呼吸ができにくくなったのだ。変な咳が出て、「ワォン」と鳴けなくなった。せっかくもらったご馳走も食べては戻してしまう。ママさんはそんなワシを見ていたたまれなかったのか、パパさんの運転する自動車でお医者さんへ連れて行ってくれた。

家の外で飼われた小汚いワシをお医者さんは診てくれた。注射はワシでも痛かった。そのお医者さんは「まぁ、これで少し様子を観ましょう」とママさんに告げた。ワシは小屋で弱々しく寝た。

「パパさん、ママさんに悪かったなぁ」と思いながら……

でもな、ワシの具合が悪くなったことで、この家にいいこともあった。その日の夜、ママさんから聞かされたのだろう。ミーちゃんがワシを心配してな。翌日の朝早くからワシの様子を見に来てくれた。「ミヤちゃん！ミヤちゃん！大丈夫？」と。そしてママさんも遅れて様子を見に来た。

具合が悪くなったワシへの心配ごとが、久しくまともに話をしていなかったママさんとミーちゃんのわだかまりを溶かしたようだ。2人はもはや普通の会話に戻っていた。こんなことでも役に立てた。

どれだけの時間を生きたときだったろうか。人間には普通を好む生き方と、普通を嫌う生き方があることを知ったのは。

それは日課となったあるじのパパさんとの散歩と、ママさんとの散歩をたくさん続けてきてわかって来たことだ。

人間には自慢話をして、他人との差別化をはかりたがる人が多いようだ。その一方で、自慢話をしない人もいる。ワシには自慢話をする人間は普通が嫌いなんだなとわかった。

パパさんにはそれがない。パパさんは普通が居心地がいいんだな。

でも、自慢話をする人間が普通ではないのかと言うと、それは別のようだ。

好きか嫌いかだけ。

人間にとって普通とは何だろう。
普通の家庭とは何だ。

その答えは人間どうしの会話の中で、ワシがつかまえることのできた「刺激」という言葉にあった。

それは刺激、悦びを味わいたいと思う大きさの違いだ。大きな刺激を望むのは、普通が嫌いだからなのだ。

人間は生きるための刺激を必要としている生き物だ。
人間にとって生きる刺激とは何だ。
人間の生きる悦びとは何だろうか。
人間どうし集まって、笑いながら楽しい時間を過ごすこと。
驚くこと。
感動すること。
思いどおりにいくこと。
それだけではない。

パパさんのような、寡黙で仕事一筋の人は、他人との話やモノではなく、毎日のそこにある普通の生活の空気感と、豆粒みたいな少しの悦びを刺激として楽しんでいるのだ。

ワシは普通を楽しむパパさんやママさんの生き方が大好きだった。それがワシにとっての一番の幸せだった。

そしてワシはそんな毎日が、パパさんの家族と一緒に永遠に
続くと思っていた。

ミーちゃんが男の人を連れて家へやって来た。ワシはいつものように「ウォンウォン」とシッポを振りながら吠えた。ミーちゃんがワシに「よしよし」と声をかけてくれた。

その男の人は緊張していたようだ。「ただいま」と言うミーちゃんの声と同時に、その男の人は「お邪魔いたします」と言った。

家の中にはママさんが、お休みの工場の事務所にはパパさんがいる。

この日は変な日だった。朝の散歩はパパさんと行ったのだけど、夕方の散歩はママさんではなく、またパパさんだった。それもいつもの時間より早い。しかもパパさんの綱を握る手がちょっと震えていた。

パパさん、緊張しているのかな。

散歩から帰ると、家からいつもよりいい匂いがしていた。夕ご飯の匂いだ。いつもは夕ご飯の後にママさんと散歩するんだけど、パパさんと一緒に走って帰ってきたから、格別のご馳走の匂いに感じた。ワシも早く欲しい。

家の中から、ママさんと男の人との楽しそうな会話が聞こえた。ミーちゃんの笑い声もする。パパさんの声は聞こえないけど、ワシのご飯をパパさんが持って来てくれたとき、パパさんも嬉しそうだった。

この日は特別な日だったようだ。

ワシのご飯もご馳走だったな。

しばらくは、この家のみんなが胸を小躍りさせていた。工場で働くおじさんたちも、みんなの雰囲気がよかったな。

その理由をワシが知ったのは、ママさんとの夜の散歩のときだった。ママさんとよく散歩中に会う他のママさんとの立ち話で、ママさんがその人にミーちゃんが結婚すると話したからだ。

ワシはその話を聞いて、その場で大きく尻尾を振った。

お昼ご飯なのにワシが鯛の尾頭と硬いイカをもらった日は、
人間が大勢、我が家に来ていた。
その中にミーちゃんが連れて来たあの男の人もいた。
なんだか騒がしく、神妙な面持ちの人が多い日だった。

ミーちゃんがこの家を出ていく前の日、ママさんとミーちゃんが一緒に夜の散歩に連れてってくれた。

はじめて一緒に散歩するミーちゃんが綱を手にすると、ワシはぐいぐいぐいと引っ張って走った。

ワシはこんな意地悪でしか、嬉しさと悲しさを表現できない。

この日を境にワシの日課は元に戻った。パパさんが朝の散歩に、夕ご飯を食べてからはママさんとの散歩だ。

2人には寂しさを感じない。ごく普通の日々が続いた。

そしてまた、こんな毎日がパパさんとママさんと一緒に永遠
と続くと思っていた。

飼い主は必ず犬に話しかけるものだ。あの寡黙なパパさんだって、散歩途中で人に会って立ち話をしていても、「よし、ミヤちゃん行こう！」とワシに話しかける。ママさんもしかりだ。それはワシだけでなく、他の散歩中の犬もわかっている。そうやってワシら犬は人間の言葉を覚えていくのだ。

ワシはその日課で毎日を生きていけることが幸せだった。

けれど、生き物には寿命があることを思い知らされてしまった。

それはいつものように、朝の散歩のときだった。
朝からとても暑い日だった。

日課の散歩中にパパさんが突然、具合が悪くなって、その場で倒れた。
ワシは「ウォーン」と吠え続けた。
周りにいた人間が寄って来て、「救急車！」と叫んだ。
ワシは懸命にパパさんの顔を舐め続けた。

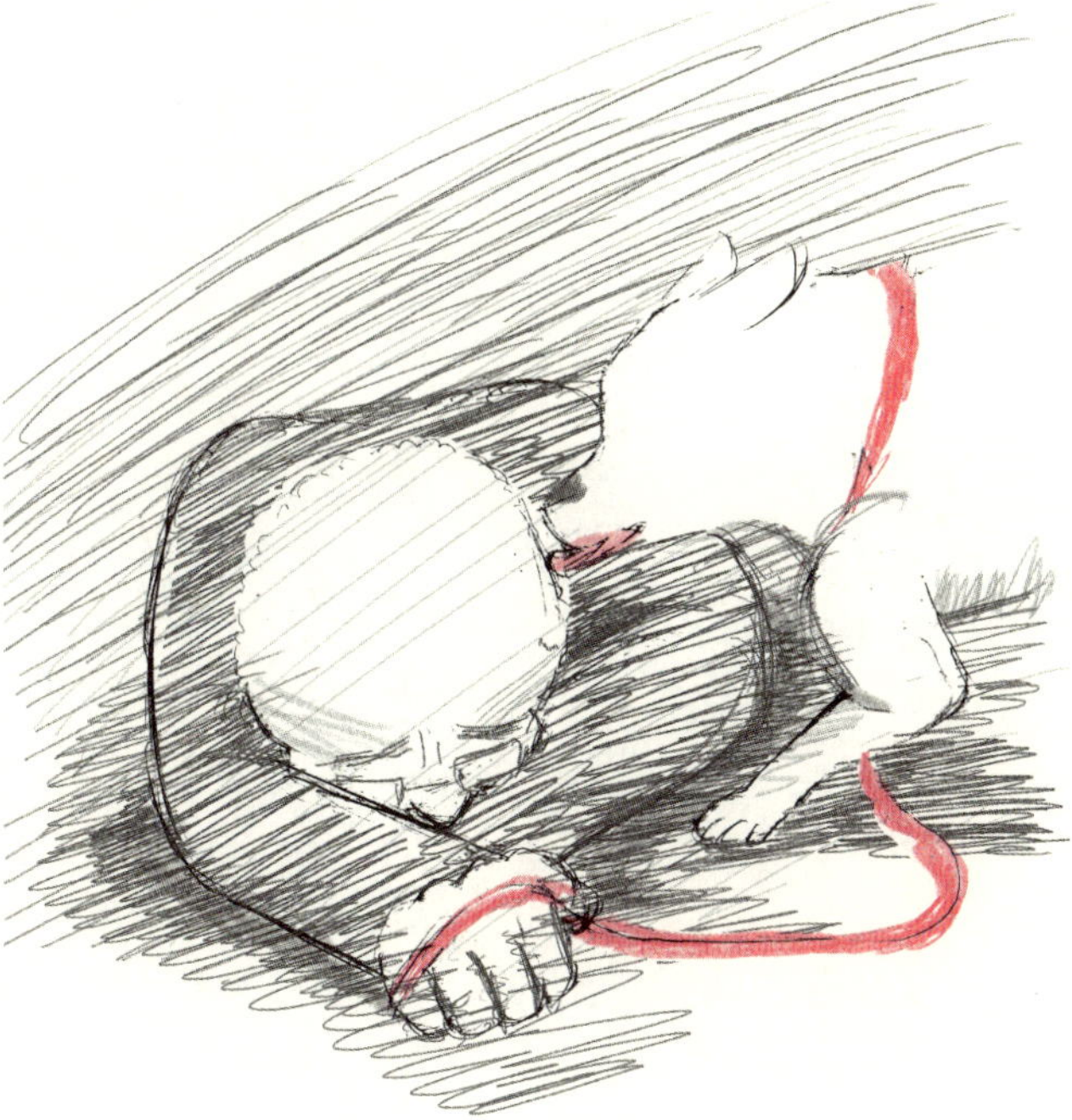

ワシの綱にもはやパパさんの握る手はない。ワシはパパさんの状態を心配そうに集まった誰かに、近くの柱につながれてしまっていた。

救急車で連れられて行くパパさんを追いかけたかったのに。

犬連れで散歩の途中で会う人がワシの綱を握り、ワシを家の
方に帰ることを急がせた。
そうか、一刻も早くママさんに知らせなければ。

ワシは小屋の柱につながれ、ママさんは急ぐように工場で働くおじさんと自動車で出て行った。

ワシはお留守番。だがワシとて不安だった。

その日の夜遅く、ミーちゃんが慌てた様子でパパさんもママさんもいない家に帰って来た。

ミーちゃんを見つけたワシは尻尾を振り、飛びかかるようにアピールした。

その翌朝はミーちゃんが朝ご飯をくれた。
前の日ワシは何も食べていなかった。
ワシは家族の一員なのか。それとも厄介者なのか。
あの日、パパさんに何もしてあげられなかったワシは悩んだ。
でも涙は出ない。そういう生き物なのだ。

それからどれぐらいの月日が経っただろうか。
ママさんが朝も夜も散歩に連れて行ってくれた。
でも、握る綱の手には、いつものママさんの感覚がしなかった。

ワシがもう二度とパパさんに会えないことを知ったのは、ママさんがパパさんの写真を、ミーちゃんが紐のついた箱を持って、一緒に家に帰って来たときだった。

それからは、ママさんとの散歩の毎日が続いた。

ワシはたいした病気もせず、のうのうと毎日を生きている。
大好きなパパさんがもういないのに、お腹も空くし、散歩にも行きたい。

でも同時に、ワシにもの凄く年老いた感覚が襲ってきた。

散歩の途中に出会う他の飼い犬がワシに向かって吠えても、
ワシにはもはや、やり合う気が起きない。
なぜだったんだろう。

ママさんもワシも、何か覇気がない生き物になってしまったのだろうか。

それでも工場のおじさんたちは毎日、自動車を直している。ママさんも朝の散歩に行ってから、工場の事務所で働いている。その雰囲気はワシが生まれてここに来たときから変わらない。パパさんがいないことを除いては。

ワシが自分の寿命を人間から聞かされることとなったのは、ちょうどそのころだ。

それはママさんとの夕ご飯後の散歩でのことだ。

同じように犬連れで散歩する他のママとママさんで、いつものように立ち話をしていた。

するとママさんがこう言ったんだ。

「この子はもう、13年生きてるんですよ。たいした病気もしていないけど、もうあとせいぜい2年ぐらいかしら。それまで私が生きてるかわからないですけど……」

そうか、ワシには生きる終わりが近づいているんだ。
それはママさんも同じぐらいなのかな。
どおりで。

でも、恐怖は全くなかった。
できれば、ママさんとミーちゃんにさすってもらいながら、
息絶えたいものだ。

ワシは体力も気力もなくなってきたが、最近、ママさんもワシの綱を握る手に力を感じない。

それにママさん、前より痩せている。

ワシのそんな息絶える希望がかなうことなかった。

ママさんはみるみる痩せて、小さくなっていった。
もう散歩にも連れて行ってもらえないほどに。

ワシのご飯は毎日、ミーちゃんが家にやって来て作ってくれるようになった。
でも、ミーちゃんは散歩に行こうとは言ってくれない。
そのころにはワシももう、散歩に行くことが楽しみではなくなっていた。

ママさんが寝ている部屋がワシの小屋の前ということだけで、十分だ。

そしてママさんとのお別れのときがやって来た。
人間の子であるミーちゃんは「お母さん!」と心でつぶやいている。
が、こみあげてくる焦りと不安と辛さをミーちゃんの表情では読み取れない。
だが、ワシにはわかる。
もうママさんは床で寝たまま、動かない。

ワシはママさんと一緒にこの家で目を閉じることにする。
ワシを飼ってくれてありがとう、拾ってくれてありがとう。
ワシが人間だったら、とても拾ってもらえない、世話もしてくれなかっただろう。
ママさんはミーちゃんにみとられて今、彼岸へと向かってしまった。

ワシらは自決せずにその気になれば、気持ちだけで息絶えることができる。人間にもそれができる能力があるのに、お医者がその邪魔をする。

たわいないけど、充実感があれば天から許可が下りるものだ。

その点、わしらは天の許可はいらない。

もうワシ1匹では生きられない。

亡くなった飼い主の子にこの老いぼれの面倒を見てもらうことは人間の子にとって迷惑なのだ。

振り返れば、生まれて間もないころは、不安でいっぱいだったな。生きるために精一杯だったことを覚えている。

そして毎日の日課に慣れた人間との生活。

ワシの人生は、何も起きない、何もしない、人間の家族としては、たいして役に立たない生き様だ。

だが、人間のがっかりする姿、しょんぼりする姿、ひとときの安らぎを得ている姿、癒されている姿から感情が読み取れた。

そして人知れず、犬であるワシが人間の言葉や感情がわかっていた。

人間が生きるとは何か。
幸せとは何か。
人間の普通な家庭とは何か。
そんなこともわかったな。

ワシらは厄介になったその家の家族との、15年そこそこの記憶媒体でしかない。

ミーちゃん、こんなときにさらに悲しませてごめんな。
ただその悲しみも一瞬の出来事としておくれ。
人間には忘れることができるはずだから。
それで新しい生活で前を向いておくれ。生きる刺激を作って
おくれ。
それはパパさんやママさんのような、ごく普通の家庭が一番
幸せなはずだから。

かりさ

東京生まれ。30年以上にわたる犬との暮らしから、人間と犬との共同生活の日常と、互いの精神的影響を意識しはじめ、本書を執筆。本書はデビュー作。

昭和の老犬が教えてくれた人間の慎ましい普通の人生
かりさ 著

2016年10月3日　第1刷発行

イラスト　ebiworks
デザイン　勅使河原克典
編集人　佐々木　亮
発行人　田中　潤
発行所　有限会社 有峰書店新社
〒176－0005　東京都練馬区旭丘1－1－1
電話　03－5996－0444
http://www.arimine.com/

印刷・製本所　株式会社 誠晃印刷

ISBN978-4-87045-291-6